복사꽃 분분한
건널목에서

복사꽃 분분한 건널목에서

© 2023 정주영

초판인쇄 | 2023년 7월 10일
초판발행 | 2023년 7월 15일

지 은 이 | 정주영
펴 낸 이 | 배재경
펴 낸 곳 | 도서출판 작가마을
등 　 록 | 제 2002-000012호
주 　 소 | 부산광역시 중구 대청로 141번길 15-1 대륙빌딩 301호
　 　 　 　서울시 도봉구 도당로 82(방학1동, 방학사진관 3층)
　 　 　 　T. 051)248-4145, 2598　F. 051)248-0723　E. seepoet@hanmail.net

ISBN 979-11-5606-227-1　03810　정가 12,000원

※ 본 도서는 2023년 부산광역시, 부산문화재단 '부산문화예술지원사업'으로 지원을 받았습니다.

복사꽃 분분한
건널목에서

정주영 시집

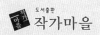
도서출판
작가마을

말을 배우고

자음과 모음이라는

언어의 가위로

세상을 자르고 욕망하며

살아가지만

때로는 말로써

말을 버리고 싶다

2023년 여름날에

정주영

차례

시인의 말 005

1부

거리 두기 013

밤길 014

평균대 위 걷기 016

치과병원에서 017

2인 3각 경주 018

치매 019

연화장에서 020

가족을 찾습니다 022

단발령 023

호박꽃 사랑 024

잎이 꽃이 되는 025

수영장에서 026

딱따구리와 애벌레 028

가을 030

물레방아 032

등굣길 034

정주영 시집

복사꽃 분분한 건널목에서

2부

마을버스 · 037

버스 표지판 · · · · · · · · · · · · · · · · · 038

거미줄 · 039

분수 · 040

세한도 · 042

나부상 · 044

혈압계 · 046

막사발 · 047

패 · 048

교자상 · 049

핸드폰 · 050

현수막 · 051

텔레비전 · 052

두 바퀴 · 053

요철 궁합 맞추기 · · · · · · · · · · · · · 054

교통섬 · 056

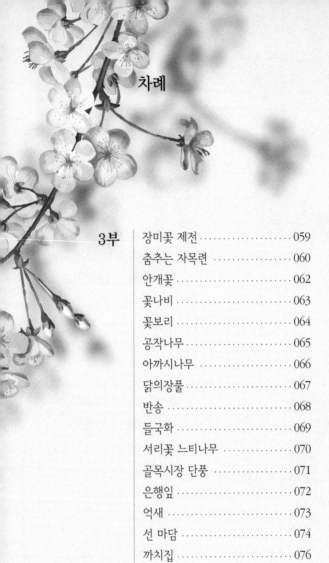

차례

3부

장미꽃 제전 · 059

춤추는 자목련 · · · · · · · · · · · · · · 060

안개꽃 · 062

꽃나비 · 063

꽃보리 · 064

공작나무 · 065

아까시나무 · · · · · · · · · · · · · · · · · · 066

닭의장풀 · 067

반송 · 068

들국화 · 069

서리꽃 느티나무 · · · · · · · · · · · · · 070

골목시장 단풍 · · · · · · · · · · · · · · 071

은행잎 · 072

억새 · 073

선 마담 · 074

까치집 · 076

4부

사십 계단에서 ················· 079

증산에서 ······················ 080

산복도로 ······················ 082

산복도로 리듬 타기 ··········· 084

부산 자갈치 ··················· 086

깡깡이 아지매 ················· 088

용두산 ························· 089

남항 가로등 ··················· 090

뒤웅박 팔자 ··················· 092

물 빠진 호수 ·················· 094

열린음악회 ···················· 095

온천천 벚꽃 ··················· 096

설법전 노거수 ················· 097

고당봉 솔부처 ················· 098

낙동강 벚꽃 길 ················ 099

몽돌의 노래 ··················· 100

차례

5부

스무고개 103

빚지고 사는 세상 104

될 수만 있다면 106

설거지 108

숲길의 고백 110

나는 개똥벌레 111

램프 112

주먹 113

복사꽃 분분한 건널목에서 114

그림자놀이 116

숨바꼭질 118

용광로 119

이름값 120

벼랑 끝 노송 121

헌거 122

춤추는 수평선 123

해설 125
　　뒤를 돌아보는 서정의 시간
　　　－ 하상일(문학평론가, 동의대 교수)

제1부

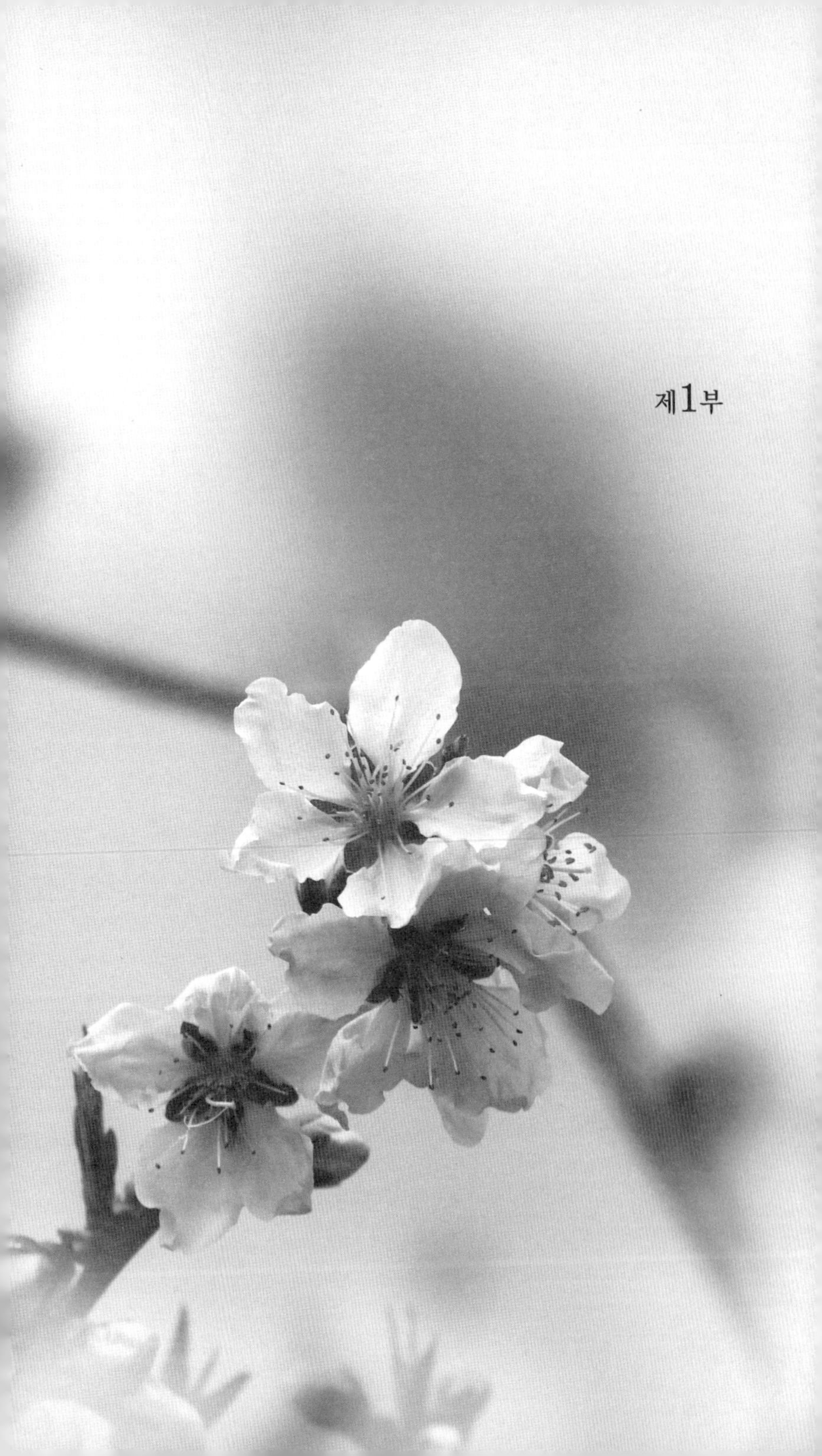

거리 두기

공사판에 불 하나 쬐는 일도 쉽던가
춥다고 느낄수록 누구나 다
조금만 더
조금만 더 하면서
깡통 난로 가까이 파고들고
그럴수록 자리다툼 은근하지 않던가
운 좋게 앞자리 잡았다고
넋 놓고 있었다간 데이기 딱 좋다
그렇다고 지레 겁먹고
주춤주춤 뒤로 물러서면
한기가 뼛속을 파고들지 않던가
살면서 거리두기에 실패한 일
공사장 깡통 난로뿐이던가
너와 나
상사와 부하 그리고
꿈과 현실……
그래 그래
꿈은 별처럼 아스라이
현실은 깡통 난로처럼 있지 않던가

밤길

밤길은 불혹을 넘긴 중년의 길,
나이 들수록
밤눈은 점점 어두워지는데
밤길은 더 잦아지네

어느 구석에 돌부리가 박혔는지
모르고 걷는 밤길,
더듬거리며 걷다가
돌부리에 채여 넘어지기 일쑤네

무릎이 깨지고
관재수 손재수를 입으면
연초 인터넷으로 보았던
토정비결을 떠올리며
일어설 수 있으면 다행이네

내 친구 김부장은
웃으며 함께 건강검진 갔다가
돌부리에 걸려 넘어져
영영 일어서질 못했네

조심하거라 밤길 조심하거라
노모는 노래를 부르시지만
피할 수 없는 밤길,
중년의 길

평균대 위 걷기

평균대 위에서 걷기
그것이 세상 속 길 걷기 아닐까

평균대 위에서 그냥 내딛는
한발 한발의 살 떨리는 간당간당함
그것은 걸어 본 사람만이 안다

그냥 걸어도 곡옌데 그 앞에 놓인
입학 졸업 결혼 집 장만이라는
허들까지 무사히 넘기란
곡예 중의 곡예다

그러니 한두 번 굴러떨어지는 일은 예사!
그럴수록 간당간당
가슴과 다리를 어르고 달래서
왼발 오른발 조심조심 떼면서
평균대 위에서 걷기
그것이 세상 속
간 떨리는 길 걷기 아닐까

치과병원에서

내가 다니는 치과병원 여선생님은
의술도 뛰어난 천사,
치과 의자에 누우면 낯을 가리시는지
내 얼굴에 면포를 씌우고는
"아"하고 짧고 단호한 명령을 내리시면
나는 냉큼 아귀가 되고 만다
천사는 그 고운 손으로 삼지창을 들고
도마 위에 오른 아귀 입안
구석구석을 탐험하다가 급기야는
전동 드릴로 징, 지잉, 징, 지잉
아귀 이빨을 연마하기도 한다
그때마다 누군가 소방 호소를
입안에 쑤셔 넣어 불을 끄고
고인 물을 퍼내기도 한다
아, 이쯤 되면
치과 의자는 칠성판으로 변하고
거기에 누운 아귀는 새우가 되어
천사가 악마임을……

2인 3각 경주

부부로 산다는 건
2인 3각 경주 아닐까
자란 토양이 다른 남녀가
너는 왼발 나는 오른발
서로 저당 잡혀
부부라는 족쇄에 묶여
세상 속으로 달려가는 것 아닐까

누군가 한눈을 팔면
같이 꼬꾸라져 무릎을 깨기도 하는
사랑이란 이름의 불편한
2인 3각 경주 아닐까

그렇게 불편을 견디며
둘이서 세 발로 한세상 뛰다 보면
혼인목婚姻木처럼
서로 닮아가는 것 아닐까

2인 3각 경주를 오래 하는 비결은
체력도 속도도 호흡도 아닌
네 개의 눈이
한 방향을 보는 것 아닐까

치매

젊고 푸르던
그 갈맷빛 이파리,
꽃 피우고
열매 한번 맺어보자며
오로지 하늘만 보고
땡볕에 그을리고
비바람에 젖으면서
자신도 모르게
어느새 초록을 다 써버리고
열매가 영글기도 전에
한로를 맞아
깜박깜박한 단풍잎으로 변하더니
입동 무렵에는
제 색깔 모두 잃어버리고
요양병원 나뭇가지에 매달린
가랑잎이 되어
바람 앞에 촛불처럼 흐느끼는
고엽枯葉이여

연화장에서

티켓을 끊고
대합실에서 밤을 지새운 끝에
이윽고
탑승 차례가 다가왔다

저승으로 가는 기차는
화구가 탑승구인 듯
망자를 태우자
이제는 어쩔 수 없다는 듯
철문이 굳게 입을 다물자
이승의 영욕을 사르는
화염이 살풀이춤을 춘다

그렇게 괴롭혔던
이생의 그리움도 서러움도
타오르는
화염 속에 던져지는
한 줌 싸락눈이더란 말이냐

이승의 인연을 설거지하는
전송객들의 눈물 속에

기차는 기적 소리도 없이
우리가 볼 수 없는 세계로
이슬처럼 떠났다

가족을 찾습니다

정이란 무엇일까
중년 부부가 나란히 연인처럼
전봇대에 전단을 함께 붙인다
효성도 지극하여라,
치매 노인 찾는 광고거니
무심코 지나치려는데
전단 위에 손 글씨로 큼지막하게
'사례금 100만 원'이라고 고쳐 쓰기까지 한다
웬 떡? 자세히 보니
찾는 건 사람이 아니라 개다, 개!
그것도 동네에서 흔히 마주치는
똥개 면상이 전단 안에 들어있다
평소 견공犬公과 불화로
개만 보면 개새끼라고 바른말하고 다니는
내 눈에도 강아지 눈빛은 참, 초롱하다
몸값보다 몇 배나 되어 보이는
사례금을 견주犬主가 책정한 걸 보니
새삼 정의 무게가 느껴진다
누군가 저 개처럼
저울로 정의 무게를 단다면
나는 값이 얼마나 나갈까?

단발령

황사 몰려오고
꽃소식 들려오면
어김없이 단발령 내려지누나

교과서 속 단발령은
그 옛날 남정네 상투에 내려졌지만
요즈음 단발령은
거리의 죄 없는 가로수에 내려지고

단발령 포고되자마자
플라타너스 머리는 댕강,
팔뚝은 싹둑 잘려
흉측한 토르소가 되누나

그러나 놀라워라,
전기 톱날 지나간 자리에도
그 옛날 반골 유생의
밤송이 머리털처럼
용용 죽겠지
돋아나기 시작하는
저 시퍼런
플라타너스의 기백氣魄

호박꽃 사랑

호박꽃도 목숨을 건다
암술과 수술이 만나기 위해
벌에게 자기의 심장을 내어준다
호박꽃 심장에 흐르는 피가
벌에겐 꿀이지만 꽃은 목숨이다
벌이 호박꽃 심장에
주둥이 처박고 취해 있을 때
호박꽃의 암술과 수술은
생에 딱 한번
목숨 걸고 사랑한다
견우직녀가 만나듯 그렇게

잎이 꽃이 되는

느티나무는 가을이 아름답다
가지마다 참새 혓바닥
연두색 이파리를 내미는
봄도 아름답지만
갈맷빛 잎으로 서늘한
그늘을 만들어 주는 여름도
넉넉하고 고맙지만
꽃을 자랑할 줄 모르는
느티나무는 잎이 모두
선홍빛 꽃이 되는
가을이 제일 아름답다

수영장에서

그냥 늪으로 돌아가고 싶네
헤엄치는 법을 익힌 후
자기 푼수에 맞는 레인에서
금붕어처럼 얌전히 꼬랑지 흔들며
헤엄치는 수영장에 오면
그냥 막—
늪으로 돌아가고 싶네

그 옛날
늪에서 개 헤엄칠 때는
헤엄치는 법을 배운 적 없으나
개구리처럼 편안히 물 위에 떠 있었네

그러던 것이
어느새 아랫도리를 가리고
남의 눈을 의식하면서
몸은 점점 물에 가라앉기 시작하고
수영장에서 영법을 익혀야 했네

직선 레인에 속도만 있는 수영장에서
물에서 노는 즐거움을 빼앗겼네

물방개처럼 헤엄치는 법을
배울 필요가 없는 그런 늪으로
그냥 막—
돌아가고 싶네

딱따구리와 애벌레

일용할 양식을 위해
숲에서 목탁을 두드리는 딱따구리,
첨에는 딱따그르르 딱따그르르
리듬감 있게 두드리다가 나중에는
신경질적으로 마구 두드려 패듯 친다

요놈들 잡히기만 해봐라,
날로 생으로 아주 한입에
냉큼 침을 삼키는
딱따구리의 생각을 읽은 듯
목탁 속 애벌레는 없는 다리야 날 살려라,
안으로 한사코 안으로 파고들지만
소리는 점점 따라오고
급기야 애벌레는 혼절하고 마는데

그 대신 딱따구리는
오랜만의 한입 식사에
지극한 즐거움에 이르고
딱따구리의 밥통 속에서
정신을 차린 애벌레는 앗 뜨거라,
여기가 바로 말로만 듣던

화탕지옥이구나

딱따구리의 극락 속
화탕지옥에서
새를 꿈꾸는
애벌레의 생이 처연한
여름 숲

가을

가을은 자백을 강요하는 계절,
입 다물고 있어도
의심할 사람 아무도 없는
밤나무까지 나서서 전율戰慄하며
비장한 알밤을 토설한다

가을은 갈무리를 강요하는 계절,
몸을 뜨겁게 달구던 여름은
아직도 문밖에 서성이지만
살을 태우고 남은
잿더미 속에서 군밤을 줍듯
몇 알의 유골을 수습해야 한다

가을은 이별을 강요하는 계절,
여름내 무성히 자란
수염을 깨끗이 면도한 후
거울 앞에 서서
낯선 얼굴과 상면해야 한다

자백하고 갈무리하고
이별 앞에 서야 하는 가을은

썰물 진 가슴에
빈 갯벌만 남는 계절

물레방아

절벽에 물을 퍼다 붓는 바다,
파도가 거대한 물레방아를 돌린다

일파—波가 몰려와
수억 톤의 물을 절벽 홈통에 붓고
돌아서면 이파二波가
또 수억 톤의 물을
절벽 홈통에 붓고 돌아서고

쏟아붓고 돌아서고
돌아서면 쏟아붓는 바람에
물레방아는 우리도 모르게
저절로 돌아가는지 모른다

그래서 큰 소리는
잘 들리지 않는다,* 했던가

그 바람에 우리는 물레방아가 도는 줄도 모르고
저마다 물레방아 홈통에 바퀴에 굴대에
좀스럽게 해조류처럼 붙어살면서

저마다 눈으로 물레방아가 도는 내력을
말하며 사는지 모른다

* 『도덕경』(41장)에 '大音希聲'이란 구절이 있다.

등굣길

등교 시간은 일정치 않다 몸에서
신호를 보내면 그때가 등교 시간이다
책가방 대신 지팡이 하나 짚고
팔자걸음으로 뒷산으로 등교한다
거기에 내 급우들이 있기 때문이다*
그들은 은행나무 상수리나무 소나무
그리고 온갖 풀과 야생화,
여기에 나비와 풀벌레 새 소리는 덤이다
반평생 넘게 시정의 물을 나누어 마신
이웃들을 내가 다 알지 못하듯
반평생 넘게 동고동락한 급우들의
사정도 속속들이 다 알진 못한다
그러나 오랜 등굣길에서
배운 것은 딱 한 가지,
내 급우들은 봄여름 가을 겨울을 살다가
사라지고 다시 봄에
샛별처럼 돌아온다는 것!

* 校자는 나무 木자와 사귈 爻자 결합한 모습이다.

제2부

마을버스

산동네와 중심가를 오가는
마을버스는
말뚝에 매인 염소 신세,
같은 방향 같은 코스로
매일 매앰 매앰 맴돈다
한사코 화려한 시내를 꿈꾸어 보지만
말뚝에 매인 고삐가 놓아주지 않는다
지금까지 단 한 번도
고삐의 반경을
벗어나 본 적이 없다
운명이다, 생각하고 손님을
풀처럼 야금야금 먹으면서
돌고 돌다가 때가 되면
염소 똥 누듯 군데군데 손님을 눈다
늘푼수 없고 융통성 없는
샐러리맨처럼 과식하는 법도
무리하는 법도 없고 그러니
체할 줄도 모르고
오직 외길에 발자국을 찍는다
그렇게 무수히 찍힌 발자국으로 인해
마을버스는 마침내
돌쩌귀가 되었다

버스 표지판

길거리에 서서
그곳으로 가는 길을
일러주고 있는
버스 표지판

그가 일러준 대로
버스를 타고 끝까지
그곳에 가 보면
그곳은 언제나
그 길의 종점이자
시점

어둠 속에서
그곳으로 가는 길을
일러주고 계시는 분처럼
길이란
시작도 끝도 없는
돌고 도는 것임을
일러주고 있는
버스 표지판

거미줄

한 고랑 두 고랑
공중에 일구어 놓은
고랭지 밭,
저 밭에 거름주기는
해와 달 별이
맡아서 하고
농부는 느긋이 기다릴 뿐

기다리고 기다리면 마침내
이승을 하직할 때
동족의 무덤을 찾아가는
전설 속 코끼리처럼

파리 모기 나비 같은 족속이
밭을 찾아와 주검을 의탁하면
그들을 일용할 양식으로 삼아
농부는 다시 밭을 일군다

생명이 생명을 일구는 저것은
상생과 상극이 공존하는
생명 그물

분수

상식을 깨려는 듯
기세 좋게 위로 흐르는 물,

절정의 순간
멈칫하더니
이내 자신의 한계를 알았다는 듯
폭포처럼 부서져
사방으로 흩어지는
물방울
물방울들……

그러나 잠시
정적 속에 숨 고르기를 하더니
다시 똑같은 기세로
위로 솟구치는 물줄기,

그럼 그럼
한계가 있었다면
처음부터 도전도 없었을 터,
자신의 운명을
한사코 손사래 치며

솟구치고 부서지는
거부의
몸짓

세한도

동백꽃 피면
동박새 찾아와
구구대던 저잣거리에서

사람을 믿고 사람과 함께
어깨동무했던
한 세월

때아닌 돌개바람에
어깨동무했던 그 사람들
재재발이 어깨걸이 풀고
썰물처럼 빠져나갔네

이순을 앞둔 지금
칼날보다 더 시린 외딴섬
가시 울타리에 둘러싸인
유배지에서

칡뿌리 붓으로
오막살이 집 한 채
덤으로

소나무 잣나무도
두 그루씩이나 얻었으니
선비의 마지막 살림살이
이 밖에 더 무엇을
더하리

나부상 裸婦像

허공을 입고 있는 여인,
처음엔 누드모델로
갑자기 다가와서
내가 먼저 눈을 내리깔았다가

모델이 점점 눈에 익숙해지면서
올록볼록 굴곡진 몸매와
심지어
도드라진 젖꼭지까지 다 보인다

조각공원에 벌서고 있는
저 여인은 누드모델인가?
돌인가?

혼자서 혼란스러워하다가
보면 볼수록
누드모델이기도 하고 돌이기도 하다가

어느 때는
모델도 아니고 돌도 아닌
형상으로 자리 잡으면서

어느 순간
아름다운 나부상으로 다가왔다

혈압계

우리 집 혈압계는
생긴 꼬락서니도 수류탄 닮았다
의사의 조언에 따라
집에서 수시로 안전핀 유무를 살핀다

'시작' 단추를 누르면
이놈은 부르르 몸을 떨면서
기분 나쁘게
숫자판으로 뜀박질한다

100 〉 110 〉 120 〉 130 〉 140……
안전핀이 빠질락 말락
아슬아슬

이놈의 협박 때문에
그 어렵다는 금연을 결행하고
음주 가무도 절제 중

아, 나는 지금
엄한 시집살이 중

막사발

누구나 때깔 좋은
밥그릇이 되고자 안달할 때
밥그릇이 되지 못했지

밥이 담기면 밥그릇이 되고
국이 담기면 국그릇이 되는
막사발이 되고 말았지

막사발이 할 수 있는 일은
오직 자신을 섭섭히 비우고
어둑한 구석 한쪽
찬장에 정좌한 채
자나 깨나 요리사의
쓰임을 기다리는 것뿐이었지

그러나
밥그릇도 국그릇도 아니면서
밥그릇도 국그릇도 되는
막사발의 묘한 쓰임새
밥그릇이나 국그릇은 모르지

패牌

요즘은 화장이 구할 넘는단다
더 이상 묘비 쓸 일은 없겠다
그래서일까 살아생전에
기념패니 공로패니 감사패니 하면서
번쩍번쩍한 패를 서로 주고받는다
이런 패들은 산 자의 묘비명 아닌가
재직 중에 받은 패를 늘어놓고 보니
재질도 모양도 내용도 각양각색이다
한결같은 것은
이름 밑에 새겨 놓은 미사여구들,
마음에도 없는 흰소리 잔뜩 적어놓았다
산 자의 묘비명이니
주는 자도 어쩔 수 없었을 것이다
누구나 가야 하는
말이 끊어진 그 자리에
묘비명 따위가 무슨 소용인가
나는 오늘 생전에 받은
묘비명을 땅에 묻는다

교자상

네 다리 접고 거실 한구석에
있는 듯 없는 듯
공손히 처박혀 있는
교자상 펴고
아침을 차리니 밥상이 되고
그릇 치우고
서책을 펼치니 책상도 되네

펼치기 전에는
밥상도 책상도 아니더니
다리를 펴고 나니
밥상도 책상도 되는
쓸개 빠진 놈,
교자상의 편리한
변신

퇴직하고 나서
이 이름 저 이름 갖다 붙이는 대로
줏대 없이 살아가는
상팔자,
요즘 내 신세가
교자상 아닌지 몰라

핸드폰

세상에 이런 입안에 혀 같은 비서도 일찍이 없었다
언제 어디서 누구와도 접속할 수 있도록
연락처 다 기억하지
궁금증도 즉석에서 미주알고주알
다 일러주지

세상에 이런 죽이 잘 맞는 절친도 일찍이 없었다
외로움이 피어오르면
언제든지 놀거리 만들어주지
사이보그까지 소개해 주지

세상에 이런 악질 스토커도 일찍이 없었다
해종일 다닌 거래처 내가 찍은 발자국
심지어 주고받은 은밀한 귓속말까지
하나도 빠짐없이 알고 있지

세상에 이런 못된 밀고자도 일찍이 없었다
무슨 일 생기면 수사기관에서는
이놈부터 찾아 주리를 틀면
하나도 남김없이 죄다 나발 불지

세상에 이런 외계인은 일찍이 없었다

현수막

언제부턴가
네거리에 절규가 펄럭인다
아침마다 문안 인사처럼
목각체 절규가 고개 숙인다

이명을 앓는 사람은
듣지 못하는 절규가
늘 홀로
피 흘리며 대거리하고 있다
뭉크의 '절규'처럼

시청 사회복지과 사무실
담당자와 마주 앉은 농아啞,
백지 위에 쟁기질하듯
볼펜으로 깊이 파 내려간
또 하나의 현수막

"몬 듣고 말 몬한다꼬 그라요?"

텔레비전

그냥 내치기도 그렇고
그렇다고 끼고 살기도 그런 정부,
오늘도 그녀와 눈 마주치며
한동안 노닥거리다
헤어졌다

오래 내통하면
기氣 다 빨리고 멍청해진다지만
이런 갑갑시국*에 이만한 정부
어디서 사귈 수 있을까

못가 본 세상 구석구석 보여주지
듣도 보도 못한 세상 잡소리 다 물어다 주지
정신 나간 정치인들 헛소리 다 일러 주지
객소리 짜증 나면 당장 소박할 수 있지

젊었을 땐 미처 몰랐던
이런 깜찍한 정부를 어디서 구할까
정붙이면 정부지
정부가 따로 있을까

* 코로나바이러스 감염증으로 인해 우리는 상당 기간(2019~2023) 사회적 거
  리두기를 하며 견뎠다.

두 바퀴

자전거
앞바퀴와 뒷바퀴 역할
참, 묘하지

페달을 밟으면
뒷바퀴는 온 힘을 다해
배밀이를 하고
앞바퀴는 가르마를 타지

씽씽 바람을 가르며
땅 위를 달리는
앞바퀴와 뒷바퀴의 아름다운
공존

우리 사는 일도 이와 같아서
세상이라는 안장에 걸터앉아
왼발 오른발이
앞서거니 뒤서거니
페달 밟기지

요철 궁합 맞추기

자음과 모음으로 가위질한
세상은凹凸, 오목하고 볼록하더라
하늘과 땅이 그렇고
산봉우리와 계곡이 그렇고
강과 바다가 그렇고
암컷과 수컷이 그렇더라
오목하고 볼록하기에 세상은 합을 맞추어
凹凸 사이를 오가며 그렇게 굴러가더라
세상이 凹凸이면 세상살이는
凹도 凸도 아닌 凹凸 궁합 맞추기
출근해서 윗사람이 凸이면
아랫사람은 凹로 태세 전환,
이것이 凹凸 궁합 맞추기
한솥밥 먹는 식구들의 생존 비법
퇴근해서 마누라가 凸로 돋쳐있으면
일단 나는 凹로 찌그러져,
이것이 가정평화를 유지하는 비법
혼魂과 백魄, 사랑과 미움, 삶과 죽음……
아리송한 이딴 것도 알고 보니 凹凸,
궁합을 맞추어 가는 것이
정신건강을 유지하는 비법

세상이 凹凸이면 세상살이는
凹도 凸도 아닌 凹凸 궁합 맞추기

교통섬

교통섬에 있는 나무들은 고역이다
숨을 제대로 쉴 수 있나
가지를 제대로 뻗을 수 있나

교통섬을 볼 때마다
지옥이라는 단어가 연상된다

교통섬이 우리 아파트 단지에도 있다
경비실 경비가 교통섬에 갇힌 나무다

사람 사는 세상에
교통섬이 경비실 뿐일까

교통섬 같은 지옥섬이
유빙처럼 떠다니고 있고
누군가는 오늘도 그 섬에서
벌서고 있으니……

제3부

장미꽃 제전

울타리를 기어오르는 덩굴장미
줄줄이 마디마디 꽃봉오리,
하늘을 향해 성화를 들었네

겨울 바다를 힘겹게 건너온
줄기는 피골이 맞닿은 채
신경질 가시를 곳곳에 세우고
긴장해 있는데
철없는
이파리들은 바람과 함께
입 모아 초읽기 중이네

……3, 2, 1, 펑!

성화가 마술처럼 점화되면
타오르는 불길 속으로
뛰어들 준비를 모두 마친
장미꽃 제전

춤추는 자목련

오리주둥이로 부풀어 오른
자목련 꽃봉오리 속에는
무희들이 산다

봄기운 짙어질수록
붉은 속곳을
한 꺼풀 또 한 꺼풀
스르릉 스르릉
벗기 시작하는 무희들

달빛에 드러나는 그녀들의 하얀 속살,
백도를 걷는 보름달도
지켜보던 금정산도
숨을 멈춘다

드디어 탈의를 마친 무희들,
가지마다
열 명씩 스무 명씩
수천 명이 줄지어
흥겨운 봄바람에 왈츠를 시작하고

지켜보는

달도 산도 사람도

아득한 봄밤

꿈결 속에 자물신다

안개꽃

누구와도 잘 어울리는 너는
주연보다는 조연이 제격

장미를 감싸면
장미 꽃다발의 조연이 되고

백합을 감싸면
백합 꽃다발의 조연이 되는

너야말로 꽃 중의 꽃
연기자 중의 연기자

우리들의 별

꽃나비

흐드러지게 핀 개망초
꽃밭에 흰 나비 한 마리
선회 비행하더니
그중 맘에 드는
개망초 하나를 골라
그네 발판이라도 되는 양
꽃대에
사뿐히 발을 얹더니
치맛자락 날리며 그네를 탄다

그네를 타고 있는
나비,
아니 나비도 아니고
꽃도 아닌
저 날렵한 꽃과 나비를
무어라 불러야 하나?

내 망설임 눈치챘는지
꽃이면서 나비이기도 한
꽃나비 한 마리 세상에 태어나
유유히 내게로 날아온다

꽃보리

사람들이 마실 길처럼 다니는
온천천 산책로 꽃밭에
웬 놈이 보리를 파종했다
껄끄럽게 핀 보리 이삭을 볼 때마다
'뻐꾹새 소리도 고추장 다 되어 창자에 배는'*
노래가 자꾸만 떠올라
목에 걸린 보리 가시처럼 따끔거렸으나
그것도 오명가명 자주 눈 맞춤하다 보니
그새 목구멍 통증도 가시고
먼 산 뻐꾸기도 엊저녁에 술을 처자셨는지
복국 복복국 복국 복복국
하고 짓궂게 울어 쌓는 바람에
이래저래 보릿고개는 스무 고개가 되고
보리도 꽃보리로 탈바꿈하는
세상이 육종가育種家가 된
산책로 꽃밭이 낯설지 않다

* 서정주 '보릿고개' 詩句

공작나무

재약산 골짜기
개울을 건너가서 활짝
꼬리를 펼치고 공작새가 된 느티나무,
부채꼴로 펼쳐진 공작새 깃털마다
해와 달 별이 내려와
윤슬처럼 반짝이는 눈이 되었고
깃털이 물결칠 때마다
초록에 물든 골짜기 전체가
가앙강술래를 하듯 넝쿨 채 출렁이며
느티나무도 공작새도 보는 사람도
서로서로 품고 꿈꾸는
아득한 사월의 마지막 날

아까시나무

햇볕 힘 좋고
만물도 배부른 초여름,
푸른 언덕에 줄지어 선
아가씨들 춤바람났다
진초록 치마는 바람과 함께
탱고 살사 람바다를 번갈아 추며
하얀 이빨을 드러내 놓고
까르르 깔깔 자지러진다
말이 없는 저들이 펼치는
무도회가 경이롭기까지 하다
꿀벌도 다가와 잉잉잉
몇 마디 밀어를 주고받다가
댄서의 향기에 취해
그만 길을 잃고 만다
말이 없어도 온몸으로
바람과 춤사위를 주고받으며
무아경에 빠진 저 무희들이
나에게 한사코
말을 버려보라네

닭의장풀

길섶 잡초 틈에서
잡초 취급받으며 씹히고 밟히고
태풍도 몇 번 겪으면서
살아남은 닭의장풀,
제 딴에는 감격에 겨워
횃대에서 홰치는 장닭을 닮은
눈곱쟁이만한 꽃피워놓은 것이리

그래도 이게 어디냐
여름이 다 가기 전 작은
꽃이나마 피울 수 있도록
울타리가 되어 준
잡초들이 못내 고마운 것이리

그리하여 닭의장풀은
잡초들과 함께 큰 목소리로 외치며
날구지를 떠는 중이리

"여기 꼬치요 여기 꼬치요"

닭의장풀 홰치는 소리에
길섶이 온통 환하다

반송

백 년을 커도
어른 키 높이가 안 되는 반송,
산지사방으로 머리를 푼
소나무

같이 태어나
쭉쭉 곧게 뻗은 금강송 대왕송
벌써 숲을 떠나서
크고 작은 그릇이 되었는데
일찍이 사람들 눈 밖에 나
불쏘시개 외엔 별 쓸모가 없어
아무 곳이나 뿌리 내려
시난고난 연명하는 루저 loser,

그러나 어느 시점엔가
허공에 합죽선을 펼치며
그릇되기를 거부하는
팽조彭祖*

* 800년이나 살았다고 하는 중국 전설 속의 인물

들국화

가을 산에 별이 피었네
왜 지금 피었냐고 묻지 마세
별이 피고 지는데 순서가 있는가

때깔 곱지 않다고 나무라지도 마세
제 딴에는 봄부터 새순 내고
뜨거운 여름에 온몸 달구었으나
태생이 볼품없어 그런 것이니
때깔도 탓하지 마세

그래도 저 홀로 피어
소슬바람에 물들어 가는
가을 산을 비추고 있지 않은가

내 다시 뿌리로 돌아가
꽃으로 피어날 수 있다면
한 떨기 들국화로 피어나
가을 산을 비추는 별이 되리니

서리꽃 느티나무

풍장도 마쳤다
바람 앞에 춤추며
기대에 들떴던 우듬지도
땡볕을 핥으며 신열을 앓던 이파리도
비바람에 갈라지고 터졌던 껍질도
올올이 모두 풀려나갔다
꽃이 아닌 이파리로 살아온 생애,
길을 오가던 사람들의 시선도
저무는 노을과 함께 안으로
안으로 깊이 새기고
지금은 침묵해야 할 때……

어둠에 수몰된 느티나무는
삭풍이 지나간 밤에
온몸 땀구멍마다 골수를 뽑아내
서리꽃을 피운 후
한살이를 매듭짓고 동안거에 든다

골목시장 단풍

단풍이 골목시장까지 내려왔네
단체 단풍 구경이라도 다녀왔는지
어물전 싸전 떡집 아줌마 아저씨
얼굴에 때아닌 복사꽃이 피었고
옷에도 울긋불긋 단풍이 내려앉았네

옆집과 은근히 선두 다툼하며
야금야금
기어 나와 있는 태양초
고구마 사과 홍시
밀감 같은
과실들도
발그레 단풍 들어
간만에 골목시장이 흥성스럽네

한로 무렵 누구나 한 번쯤
단풍 구경 꿈꾸어 보지만
골목시장에 마실 나온
단풍보다 더 고운 단풍
세상천지에 또 있을라

은행잎

우표를 받아 가세요
그리운 이에게 소식 전해 줄
우표 한 장 받아 가세요
상강 지나면
키 큰 은행나무가 발행하는
기념 우표,
첫사랑 그녀의 옷깃에 꽂혔던
브로치 같고 노랑나비 같은
그런 우표 한 장 받아 가서
오늘 저녁에는
그리운 이에게 편지를 쓰세요
그동안 못다 한 말 적어보세요
혹, 주소를 잊었다 해도
걱정하지 마세요
이 늦가을 은행나무가 발행하는
기념 우표를 붙이면
바람 우체부가 주소를 찾아
그리운 이에게 전해줄지 모릅니다
우표 한 장 받아 가세요

억새

사람들은 억새꽃이라 부르지만
가을 산의 은자隱者,
억새는 처음부터 풀이었다
마른 그루터기에
젖니처럼 돋아난 초록 잎은
햇볕에 그을리고 비바람에 젖으면서
뼈마디가 생기고
결기의 푸른 서릿발 되었다
서리가 내리면서
억새가 온몸을 말리고
바람에 쑥대강이 흔들리자
사람들은 비로소 억새꽃이라 부르지만
억새는 한 번도
꽃을 꿈꾼 적이 없다
거친 야산에서 석양을 바라보며
함께 말라가는 저 이름 없는 산야초처럼

선蟬 마담
– 매미

새나 벌레로 구성된
숲의 합창단에
알토 테너 바리톤 베이스……
온갖 음역의 가수들 쌔고 쌨지만
그중에 단연 돋보이는 목소리는
소프라노인 선蟬 마담

염 염 여음 여르음

노랜지 절균지 모를
헤비메탈을 마구 쏟아내는 걸 보면
선 마담의 전생은
니나노 집 작부?
아니면 소리꾼?

(아무려면 어때!)

밤낮 내질러도
지치거나 목쉬는 법 없는
저 여인의 노래 덕분에
숲의 합창은 더욱 시끌벅적하고

우리의 여름은
탱자처럼 농익어가고 있으니

까치집

겨우내 빈방이 나가지 않았다

이파리는 풍장 되고
뼈만 남은
키 큰 미루나무 우듬지에
빈방 하나,
등대의 고장 난
등명기처럼 걸려있다

수돗물이 나오지 않아서인가
시장이 너무 멀어서인가
모르지
신혼부부가 찾아왔다가
전세금이 너무 높아
고개 떨구고 돌아섰는지……

봄이 와도
하늘로 날아간 새는
돌아오지 않고
청춘의 빛바랜 흔적처럼
빈방 하나
우듬지에서 흔들리고 있다

제4부

사십 계단에서

사람들 모두 다 떠나고
인제는 추억만 남은 빈집,
사십 계단 앞에만 서면
아린 기억이 발목을 잡네

밤새워 회의 서류를 찍어 주시던
활판 인쇄소 임씨, 한 달에 한 번
머리 손질해 주시던 이발소 이씨,
퇴근길 중간 정거장이던 호프집
뚱보 아지매

그때 그 골목 그분들
모두 안녕하실까?
이승 아니면 저승에서라도
인제는 달세 걱정 없이
허리 펴고 편히 주무실까?

고구마보다 더 목메게 하는
그때 그 골목 기억 때문에
사십 계단은 문 닫을 수 없는 빈집,
나 오늘도 빈집에서 서성이네

증산에서

여기는 가야와 신라의 얼이 서린 곳
꼴이 가마[釜]를 닮아
부산釜山이라 이름 붙였던 뫼

그 산자락엔 쪽빛 바다 너울거리고
새벽이면 샛별이 노닐던
갯가에서 조개를 줍고
낮이면 날마다 갈매기와 함께
너울너울 물질하던 사람들

임진년 그해,
앞바다에 식인 상어 떼로 몰려오자
성 안 사람 모두 해일처럼 떨쳐 일어나
나라의 목구멍을 지키다가
폭포수처럼 동백꽃처럼 부서진 사람들

그 후 갈마드는
쇄국과 개항 전쟁과 평화
민주와 반민주의 너울과 싸우면서
부싯돌처럼 몽돌처럼 살아온 사람들

지금은 유라시아 대륙과 태평양의
교두보가 되어 교차로가 되어
대륙과 대양을 넘나드는 갈매기가 되어
날이 날마다 꿈꾸고 상상하며
파도처럼 어기차게 출렁이는 사람들

그 많은 사람 중에 우리가 일 시민임이
왜 가슴 저리고 목이 메는지
저기 저 붕새가 되어 나래 펴는
부산항이 일러주네*

* 좌천동에 있는 증산의 옛 이름인 富山이 釜山으로, 그 산 아래 포구를 釜山
浦라 부르고, 부산포에 부산포첨사영(부산진성)이 설치되고, 부산이라는 산
아래에 부산포 왜관을 두면서 부산이라는 산 이름이 포구 이름. 마을 이름으
로 치환되면서 山으로서의 이름을 잃게 된 것이다. 甑山이라는 이름도 임진
왜란 때 왜군이 우리 城인 부산진성을 헐고 왜성을 쌓았는데 왜란 후 이 성
이 헐리면서 생긴 모습이 떡시루[甑]를 닮았다 하여 붙여진 이름이다. 증산
에 설치된 망루에 오르면 재개발된 북항 친수공원이 보인다.

산복도로

이틀에 한 번도 제대로 지릴 줄 모르는 산수도,
그놈의 정력을 믿을 수 없어
집집이 노란 물통을 이고 살았던
우리들의 공중도시

하늘 아래 첫 집이면서
보이지 않는 태양을 향해
항상 문 열어두고 기다리던 그 집
음지식물처럼 해를 그리워하는 빨래가 펄럭이던
내가 셋방살이하던 그 집은
빈집 된 지 오래되었고
제비꽃이 개똥처럼 널려있던 길엔
자벌레 버스가 흙먼지를 날리며 간간이 기어 다녔고
한때 호기심 많던 만디버스가 다니기도 했으나
지금은 시들시들 시들어 가는
할미꽃 피어있는 길

우리가 잊고 살았던 그 길 위에
해와 달그림자가 수없이 쓸고 가는 바람에
남루도 그리움으로 채색되고
떫고 섧던 땡감 기운도 홍시로 익어가는

우리들의 서러운 꿈이 잠 못 이루던 그곳,
산복도로 마추픽추*

* '산복도로'는 부산의 산동네를 연결하는 도로로 1964년 동구 초량동에서 처
음으로 개통된 후 원도심뿐 아니라 외곽으로까지 확충되었다. '산수도'는
1980년대 당시 고지대 상수도 管末 지역에 설치됐던 간이급수 시설로 계곡
물을 집수해서 식수로 사용했다. '만디버스'는 한때(2013~2014) 산복도로
를 돌았던 부산의 시티투어버스. '마추픽추'는 페루에 있는 잉카 문명의 공
중요새 도시.

산복도로 리듬 타기

부산에서 산다는 건 파도 타기지
고향에서 논두렁 밭두렁이나 타다
등고선 따라 파도가 출렁이는
부산의 산허리 길,
그 꼬부랑 파도의 이랑을 따라
우리는 일찍이 리듬 타기를 익혔지

그땐, 파도가 워낙 거칠어
이랑 따라 버스가 파도 타기를 시작하면
그 안의 장삼이사들 멀미에
짐짝처럼 이리 구르고 저리 치이고
거친 파도의 마루를 넘다가
버스가 굴러 침몰하는 해난사고
여름철 태풍경보처럼 들려오곤 했지

가끔, 그때 생각에
버스로 산복도로 파도 타기를 해보지만
요즘은 파도가 워낙 순해진 탓인지
파도 타기가 미끄럼타기로 변해 버렸지

파도 타기나 미끄럼 타기나

버스 타기나 목마 타기나
리듬 타기는 매한가진데,
그때 그 리듬은
왜 그리 급박했는지 몰라

부산 자갈치

자갈치는 세탁소
사는 기이
시들할 때 자갈치에 가서
배고프다 생떼 쓰는 갈매기 고함
장사꾼들 흥정 소리
풍각쟁이들 노랫소리
온갖 소음이 범벅된
야단법석을 5분만 듣고 나면
시든 배춧잎
맘을 빨빨하게 빨아주네
사는 기이
고달플 때도 자갈치에 가서
사시장철 생고기 배를 가르며
손에 물 마를 날 없는
날랜 갈퀴손을 보면
구겨진 휴지 맘을 짱짱하게 펴주네
사는 기이
꿀꿀할 때도 자갈치에 가서
허름한 식당에 자리 잡고 앉아
주방과 홀을 물오리처럼 재바르게 오가는
식당 아지매 몸놀림을 보면

먹구름 맘을 파랗게 헹궈주네
그러니 자갈치는 마음 세탁소

깡깡이 아지매*

오늘도 난타한다
무거운 짐을 싣고
파랑과 싸우며 돌아온
철선에 따개비처럼 붙어서
온몸으로 난타한다
철선 뱃가죽에 붉게
설움처럼 눌어붙은 녹은
망치로 뜨겁게 난타하고
근골에 가난처럼 스며든
푸른 녹은 깡깡이로 쪼아낸다
난바다 보이지 않는
돌고래의 푸른 꿈은
그라인더로 갈아낸다
손톱이 다 닳을 즈음
맨살을 보여주는
후끈 달아오른 철선 뱃가죽에
어른어른 결로가 어룽거린다
철선에 맺히는 이슬을 보기 위해
깡깡이 아지매는 오늘도
깡, 까앙, 깡, 까앙,
녹슨 삶을 난타한다

* 부산 남항 연안에 산재한 수리 조선소의 일용직 여성 근로자

용두산

백두대간에서
금정산맥으로
수정산지맥으로
내처 내달리던 용이
부산 앞바다를 보고
용트림하고 있는 용머리산

보이시는가,
지난밤의 어둠과 비바람을 몰아내고
평화와 번영의 여의주를 문 채
스스로 산이 된 용머리

그 위에 우뚝 선 대장 등대,
부산탑은 태평양의 눈이 되어
바닷길을 인도하고

평화를 알리는 시민의 종소리
이랑이 되어 파도가 되어
사해四海에 물결치는 소리
들리시는가,

남항 가로등

저녁이 오면
자신을 태워 불을 밝히는
등불을 든
키가 큰 아낙

바람이 불자
겨드랑이에 매달린 가로기는
집으로 가자 집으로 가자
젖먹이처럼 자꾸만 보채는데
입항하는 어선을 바라보며
까치발을 하는 너는,
누구를 그렇게 기다리느냐?

부둣가에 어둠이 쌓이면
멀리서 찾아오는 사람
길 잃을까,
발 동동거리며
심지를 돋우는 너는,
누구를 그렇게 사랑하느냐?

이제는 갈매기도 잠든 부둣가를

혼자서 서성이는 망부석의
혼불이여

뒤웅박 팔자
– 부산근현대역사관 별관[*]

왜정 때 큰 관청 있었다는 대청동엘 가면
외세의 소용돌이 온몸으로 겪으며
뒤웅박 팔자가 된 할머니 닮은 건물 있다
그 건물 첫 임자는 '동양척식 주식회사 부산지점'
허, 말이 좋아 주식회사지
날강도 떼강도 소굴이었단다
모진 세월 온갖 구박 다 견딘 끝에
두 번째 만난 주인은 '부산 미국문화원'
허, 이놈도 말이 좋아 아름다운 나라지
젊은이들 눈엔 게다짝이나 양코배기나
그놈이 그놈인지라
양갈보라는 손가락질에 화염병 세례까지
온갖 수모를 겪다가
겨우 친정으로 돌아와
세 번째 '부산근대역사관'으로 팔자를 고치고,
다시 '부산 근현대역사관 별관'으로
이름을 바꾸고 오늘에 이르렀다
험한 세상 태어나
이름을 몇 번이나 바꾼 뒤웅박 팔자,
그 팔자 부끄럽지도 자랑스럽지도 않으나,

행여 사람들이 팔자를 시절 탓으로 돌릴까
저어할 뿐이다

* '부산근대역사관 별관'이 입주해 있는 건물은 일제강점기인 1929년에 건축
되어 동양척식주식회사로, 1949년부터는 미국 해외공보처 부산문화원으로
사용되다가, 2003년부터 부산근대역사관으로 사용되기에 이르렀고 2023년
부산근대역사관 별관이 되었다.

물 빠진 호수

사람들이 흘리고 간
잡동사니 알뜰히 먹고 마시고
소화도 시키지 못한 채
저축해 놓은 성지곡수원지,*
드러난 바닥은 난장

이마에 물 주름 잡히던
만수滿水 때의 모습과 달리
드러난 바닥은
여러 골짝에서 흘러온
계곡물끼리 서로 주먹다짐을 벌였는지
분노의 근육이 산맥을 이룬다

댐에 기대어
흐르는 물을 가두어 놓고
자신의 먹성과 분노를 감추고 있던
욕심 많은 산중호수,
내 마음 바닥을 보았다

* 성지곡수원지(聖知谷水源池) : 부산진구 초읍동에 소재한 한국 최초(1909
  년)의 콘크리트 중력식 댐

열린음악회

해방구가 열렸다
도시철도 3호선 미남역,
여기선 열린 음악회가
지나가는 소나기처럼 열린다
노래방 기계가 고작인 지하 무대지만
여기선 꽝꽝 터지는 관현악단이다
원하면 누구든 무대에 설 수 있고
관객도 하나같이 너그러워
출연자가 박자를 놓쳐도 손뼉 쳐주고
음 이탈 음치도 다 용서가 된다
심지어 속 보이는 약장수의
생떼 같은 거짓말도 믿어준다
쿵쿵대는 뽕짝 장단에 맞추어
나이도 이름도 모두
헌옷 벗듯 벗어버리고
해탈에 드신 할매 할배들……
지하 해방구에선 모두 우리가 되고
소음도 화음이 된다

온천천 벚꽃

일 년에 딱 한 번
별이 꽃으로 피어나는 온천천,
별꽃이 무르익는 은하수의 표정은
금요일 오후 다섯 시
벌써 술기운 오른 듯하다
봄바람과 함께 별꽃은
학교를 파하고 이빨 드러낸 채
교문을 빠져나오는 악동들처럼
삼삼오오 희희낙락
꿀벌의 잉잉거림도
나비의 섬세한 손길도 뿌리친 채
사람들의 아쉬운 봄걸음과 함께
남해로 흐르는 별꽃 강물

설법전 노거수*

범어사 설법전 뜰에
은행나무 사관史官이 주석해 계신다
오랜 세월 범어사 전각에
울려 퍼졌던 선사들의 법어
중생들의 한숨 소리와 새소리
계곡 물소리 바람 소리 심지어
왜구들의 분탕질까지
사관의 흉중에 기록으로 남기셨다
사관께선 천하 여장군의 품새에 어울리게
품 안에 해와 달 별과 구름 다람쥐와
산까치까지 모두 품어 주셨다
수백 년 동안 오직 한 곳,
저 멀리 자미원紫微垣을 바라보며
사관의 역할을 자임하시다가
지금은 마음마저 비우고
무설無舌중이시다

* 범어사 경내에 있는 수령 약 570년 된 은행나무로 보호수. 한 스님이 나무
  에 서식하고 있는 땅벌을 잡기 위해 연기를 피우다가 나무에 불이 붙은 탓
  에 밑둥치에 큰 구멍이 났다.

고당봉 솔부처

고당봉*에서
범어사를 굽어보시는 등 굽은
솔부처는 언제나 무념무상,
지난여름 그 뜨겁던 태양열 세례도
혼자서 뒤집어쓰셨고
숲이 홍역을 앓던 가을에도
혼자 무탈하셨다
뿐인가,
찬 바람 불고 까마귀 울던
겨울에도 혼자 늠름하셨다
그런데 봄에는
솔부처도 마음이 흔들리시는가
온 산의 나무와 풀이
창의군처럼 푸르게 궐기하고
진달래꽃 벚꽃이 북향하여
봉홧불을 올리자
솔부처도 어쩔 수 없다는 듯
봄바람에 송홧가루 날리며
버꾸춤 춘다

* 고당봉(姑堂峰) : 금정산 주봉으로 해발 801.5m

낙동강 벚꽃 길

여기가 바로 선경仙境 아닌가
대저에서 하단까지
둑길 삼십 리,
늘어선 벚나무들 일제히
하늘을 향해
꽃불을 쏘아 올리니
불꽃이 은하로 흐르네
옷고름도 풀지 않은 채
칠백 리 서서 흐르던 낙동강이
은하를 바라보며 앙가슴 헤치고
누워서 뉘엿뉘엿 꿈결로 흐르네
은하 따라 꿈결 따라 흘러와
불꽃놀이에 펄럭이는
저 남색 치마는
바다 건너 아유타국
공주님의 행차인 듯하고
노랑나비도 꿀벌 떼도
입 모아 합창하니
여기가 바로 요지瑤池 아닌가

몽돌의 노래
– 태종대 자갈마당에서

파도에 부대끼는 몽돌

물결에 밀려 뭍으로 갔다가
물결에 쓸려 바다로 돌아오는
제자리걸음

평생 도돌이표 생을 살아온
몽돌은 더는
너울과 맞서지 않기로 했다

파랑과 함께
밀려갔다 밀려오면서
출렁이며 살기로 했다

해조음 들으며
놀과 함께 출렁이며
모래가 되고
바다가 되고
윤슬이 되고

제5부

스무고개

컴퓨터를 켜면 묻는 첫 번째 수수께끼
– 아이디? (jeong123456)
두 번째 수수께끼
– 패스워드? (   )

뭐였더라?
그래, 450731x&
어라, 생일을 씹네
그러면, 470731x&
아니, 할망구 생일도 씹네
이번엔, 383838x&
어허, 끗발도 감당이 안 되네
그러면, 123699x&
이놈이 군번까지 씹는데
???

오늘도 노인은 테베 입구에서
스핑크스와 사활을 건
스무고개 중

빚지고 사는 세상

제잘 난 맛에 사는 세상이라지만
생각해 보면
내남없이
모두 빚지고 사는 세상

저기 저,
재갈매기의 자유스러운 활공은
걸림 없는 창공 때문이고
손에 잡히지 않는
저 푸른 하늘을 느낄 수 있는 건
재갈매기의 날갯짓 덕분 아닌가

전경과 배경은
재갈매기와 하늘처럼
서로가 서로에 빚지고 있는 셈

생사 문제도 마찬가지
죽음이 없다면 어떻게
삶을 느낄 수 있겠는가

삶은 보이지 않는

죽음에 빚지고 있는 셈

배경 없는 전경이 어디 있으랴
너와 나는
서로가 서로에게 빚지고 사는 세상

될 수만 있다면

이름이 빚이라면 빚 갚는 방법은
값을 치르거나
그럴 형편이 안 되면 줄행랑하거나
이도 저도 안 되면
스스로 빚이 되어보면 어떨까?

가사, 부모님에게 빚졌다 생각되면
부모가 되어보고
친구에게 신세 졌다 생각되면
친구가 되어보는 것
이런 자리바꿈도
빚 갚는 방법 안 될까?

이날 이때까지 나를 먹여 살린 세상의
온갖 사람들에게 동식물에 공기에
빚지고 있으니 내가 차라리
우주가 되어보는 건 또 어떨까?

될 수만 있다면
우주가 될 수만 있다면
내가 우주가 되어

빚에서 벗어 난 자유인이
될 수만 있다면

설거지

등산로에서 휴지 줍는 사람들
길에서 꽁초 줍는 봉사자들
연안에서 페트병 건지는 잠수부들
이런 분들은 참 고맙지만
나와 다를 거라 여겼네

주방에서 필요 이상으로
가스레인지를 닦거나
깔끔 떠는 아내를 보고
결벽증 있냐고
핀잔을 주기까지 했네

그런데 난생처음
설거지를 해보니 알겠네
그것이 마음속
휴지를 줍고 꽁초를 줍고
페트병을 건지고
때를 닦는 것임을

난생처음
설거지를 해보니 알겠네

안과 밖이 둘이
아님을

숲길의 고백

발밑을 보며
스스로 옷을 벗는 저
나무들은 아는 것이다

생명의 푸른 불을 켜야 할 때
꽃을 피워 벌 나비를 불러야 할 때
열매를 맺어야 할 때
그리고
손에 쥔 것을 놓아야 할 때

스스로 옷을 벗고
안으로 더 안으로 침잠하면서
지난 계절을 되새김질하면서
한살이를 매듭지을 때가
언제인지를 아는 것이다

나무가 누천년 몸으로 익힌 그런 지혜를
그것은 자연의 순리라고
머리로 단정 짓고 마는 나는
나무보다 못한 놈임을
노을이 지는 이 숲길에서
자복하지 않을 수 없다

나는 개똥벌레

등대를 꿈꾸며
평생 두 눈에 불을 켰으나
나중에 알고 보니
꼬랑지에 희미한 등불 하나 매달고
겨우 제 발밑만 비추고 살아온
나는 개똥벌레

금석문을 기어 다니며
두 눈을 씻었으나 여전히 까막눈이라
제 갈 길도 몰라
미등尾燈만 깜박이는
나는 개똥벌레

숲속에 살다 보니
숲이 세상 전부인 줄 알고
살아가는 한심한 얼간이
나는 개똥벌레

어쩔 수 없는 나는
개똥벌레

램프

램프였으면 좋겠네
그을음 앉은 등피가
달무리처럼 불빛을 감싸고도는
그런 램프였으면 좋겠네
철들기 전
램프 밑을 떠났던 나는
백열등 아래서 배우고
그동안 백열등으로 살아왔네
백열등 아래서는
참말과 거짓말
버섯과 독버섯
아름다움과 추함……
이런 것들이
빛과 그림자처럼 드러나고
사금파리처럼 반짝거릴수록
그림자는 더욱 두터웠다네
그런데 세상은, 세상살이는
볕이 있어 그늘이 있고
그늘이 있어 볕이 있는 그런 것이었다네
이제부터라도 내가
그 옛날 유년의 여름밤을 밝히던
램프였으면 좋겠네

주먹

주먹 쥐고 태어나서
그동안 주먹 펴본 기억이
몇 번이나 있었던가
손가락 사이로 붕장어처럼 빠져나가는
연필을 반지를 명함을
또 다른 무언가를 놓치지 않기 위해
얼마나 힘주어 주먹 쥐고 살았던가
한시도 펴본 적 없는
부끄러운 내 주먹을 내려다보니
돌출된 정권에 가시가 돋쳐있다
손에 쥔 것을 놓치지 않기 위해
돋아난 가시,
그 가시 돋친 주먹을
가을이 오면 밤나무는 주먹을 펴서
알밤을 토설하지 않던가
가을엔 나도 밤송이가 되고 싶다
알밤이 빠져나가고 남은
맵고 시리고 떫은
쭉정이 맛까지 털어버리게
가을엔 주먹을 펴고 싶다

복사꽃 분분한 건널목에서

복사꽃 분분한 건널목을 사이에 두고
너와 나는 오늘도 마주 보고 섰구나

푸른 불 들어오자
사람들은 저마다 피안을 찾아
교문을 나서는 아이들처럼 동동거리며
건널목을 건너는구나

그렇구나,
내가 서 있는 이쪽이 네게는 피안이었고
네가 서 있는 그쪽이 내게는 피안이었구나

그것도 모른 채
오늘도 우리는 서로의 피안을 찾아
나는 너에게로 너는 나에게로
무심히 건널목을 건너는구나

세상의 차안과 피안은
복사꽃 분분한 건널목처럼
이렇게 마주 보고 있는데,
그것도 모른 채

오늘도 우리는 서로의 피안을 찾아가느라

눈길 한번 주지 않고 동동거리며

건널목을 건너는구나

그림자놀이

연못가 복사 꽃잎은 흩날리는데
물속에서 물끄러미 나를
올려다보는 그림자
임마, 너는 내가 아니야

단호하게 손사래 치자
이번엔 물속에 드리워진
낯선 그림자의 얼굴에도
꽃잎이 눈물처럼 글썽이고
2인 3각 경주하듯 지금까지 뒤뚱거리며
그림자와 함께 내처 온 길이
연못 속으로 흐려진다

그래, 너는 나야
아니, 내가 아니야
그래, 너는 나이면서 내가 아니야
아니, 나인 것도 내가 아닌 것도 아니야

분분했지
천 년 전 그날도
너와 나는 이렇게

철없는 그림자놀이에 빠져
복사 꽃잎처럼 난분분했지

숨바꼭질

숨바꼭질한 지 오래되었네
내가 찾고 있는 나는
세상 어디에도 없다는
말 같잖은 그 말씀
오래전에 귓등으로 날려버리고
술래가 되어 반백이 될 때까지
나를 찾아
떠돌이처럼 밖으로 떠돌았네
지치고 지쳐 찾기를 포기하고
가만히 눈감아 보니
문밖 세상은 온통 홀로그램
그러나 눈을 감고도
내 안에서 나를 찾으면 찾을수록
나는 꼭꼭 숨어버리고
머리카락조차 보여주지 않네
아예 술래를 포기하자
그제야 슬그머니 분출하는
용천湧泉의 느낌,
이것이 혹시?!
술래는 지금 호접몽을 꾸고 있네

용광로

내 안에 용광로 있네

사납게 타오르며
무쇠도 녹이는 용광로
연료는 바로 너,
너 때문이라 생각하면
무간지옥 불은 꺼지지 않네

오늘도 나는
용광로 연료를 조절하느라
가스 밸브 잠그듯
나를 잠갔다 열었다 하면서
불 조절 하느라 진땀을 빼네

쇳물이 끓어 넘치지 않도록
연료밸브를 조절하는 일,
생각처럼 그렇게 쉽지 않네

하루하루를 산다는 건
용광로 불 조절하는 일,
쉽고도 까다로운 일

이름값

나고 시들고 사라지는 고통도
좋아하고 싫어하고 헤어지는 아픔도
모두, 이름값 때문 아닐까

하다못해 엊저녁
너에게 높인 내 언성도
알고 보면
이름값 때문 아닐까

나에게,
내 이름값이 없다면
그렇게 애면글면할 일이
무에 있었겠는가?
무엇을 주고받은들
무슨 고통이 있었겠는가?

내가,
내 이름값이
공기처럼 헐해질 수만 있다면
죽음이 다가온들
무슨 고통이 있겠는가?

벼랑 끝 노송

벼랑 끝 삶은 늘 까치발이다
뿌리는 언제나 매 발톱처럼
벼랑을 움켜쥐었으나
흙은 눈물처럼 흘러내리기만 한다

살아남기 위해
그 모—든 것을 안으로 삭이며
벼랑 끝에 선 등 굽은 소나무,
그의 생애는 늘 까치발이다

영문도 모른 채
벼랑에 떨어진 솔씨였던 그는
지금껏 단 한 번도
까치발 아니었던 적이 없다

비바람 속에서도
어느 한순간
벼랑을 어깨에 내려놓지 못했다
제 딴에 청청한 솔잎 내느라

현거懸車

벼랑 끝에 나부끼는
파뿌리,
갈대가 된 나이

발을 헛디뎌도
바람이 조금만 세게 불어도
허리가 꺾이는 나이

그 나이 되어 내려다보니
발아래는 까마득한 낭떠러지!
돌아보니
따라오던 길은 허물어져 버렸네

춥고 외롭고 뜨겁던
그 길이 순간으로 다가오는
절벽 위에 선 나이,
백척간두에 선 나는
수레를 걸어두고
또 한발 내딛는다네,
아득한 허공을 향해

춤추는 수평선

하늘과 바다가 만나 꼰
가물가물한 경계선

저 아득한 수평선은
하늘도 아니고 바다도 아니어서
있는 것도 아니고
그렇다고 없는 것도 아닌
그야말로 가물가물한 선

저 알쏭달쏭한 선 때문에
하늘도 있고 바다도 있으니
가 닿고 싶어라,
저 춤추는 수평선에

복사꽃 분분한 건널목에서

정주영

시집 해설

뒤를 돌아보는 서정의 시간
— 정주영의 시 세계

하상일
(문학평론가, 동의대 교수)

뒤를 돌아보는 서정의 시간

– 정주영의 시 세계

1. 서정시의 시간과 성찰적 시선

서정시의 본질이 끊임없이 의심받는 시대를 살아가고 있다. 자본과 문명의 속도를 따라가기에 분주한 대중문화의 확산과 기술 이데올로기의 발전은 시의 미래마저 새로운 모습으로 변화되기를 요구한다. 물론 문학 또한 시대의 변화를 거스를 수 없는 우리 사회의 한 부분이므로 현대시의 변화와 새로움 자체를 부정적으로 볼 이유는 없다. 하지만 모든 것에는 변해야 할 것으로의 현재적 의미와 변하지 말아야 할 것으로서의 본질적 측면이 함께 존재한다는 점에서, 새로움과 변화가 무조건적 강박이 되거나 현실추수적인 경향으로 흐르는 것에 대해서만큼은 철저하게 경계해야 한다.

지난 90년대 이후 우리 시를 돌아볼 때 서정의 본질에 대한 거리 두기 혹은 탈서정의 새로움을 모색하는 징후가 너무도 뚜렷했다. 서정시의 본질로서의 은유의 원리는 낮

설고 기이한 언어의 세계로 구축된 장황한 요설로 넘쳐나는 환유의 세계로 탈바꿈되었다. 또한 전통적인 동일성론에 입각한 서정시의 본질은 시대착오적인 낡고 고루한 아집으로까지 인식되어 반서정 혹은 탈서정의 세계로 나아가는 지독한 새로움의 강박을 드러냈다. 이러한 급격한 변화의 양상은 서정시 자체에 내재된 낡고 고루한 인식의 문제에서 비롯된 측면이 있는 것도 사실이다. 다만 그 변화가 서정의 본질을 왜곡하거나 의심하는, 그래서 시의 본질마저 훼손하는 방향으로 흐르는 것은 서정시의 근본을 무너뜨리는 것이라는 점에서 아주 위험한 발상과 태도가 될 수 있다.

이러한 탈서정 혹은 반서정의 현실이 전면화되는 시대에서 여전히 서정시의 본질을 지켜낸 시인들도 아주 많다. 주체와 세계의 동일성을 지향하면서 인간의 삶과 자연의 존재론적 의미에 대한 깊이 있는 성찰의 세계를 열어감으로써 변하지 말아야 할 것으로서의 서정시의 자리를 꿋꿋하게 지켜냈다고 할 수 있다. 모든 것이 첨단의 기교와 상상력에 바탕을 둔 미래적 비전을 강조하는 가운데, 오히려 낡고 오래된 상상력을 통해 지나온 시간을 뒤돌아보는 시적 태도야말로 전통적이면서도 미래적인 아이러니적 진실을 함축하고 있다. 90년대 초반 탈근대적 경향에 압도된 시의 변화에 맞서 서정성의 회복을 주장하고 정신주의 시의 가능성을 열어갔던 한국 시문학사의 흐름은 바로 이러한 문제의식을 역설적으로 담아낸 결과이다.

이처럼 서정이 위협받고 있는 시대일수록 다시 서정의

의미를 되새기는 전도된 시 의식을 가질 필요가 있다. 서정시의 시간은 본질적으로 뒤를 돌아보는 상상력에 기대고 있는 측면이 두드러진다. 서정시의 배경이 아침보다는 오후나 저녁의 시간에 집중되는 이유도 이 때문이거니와, 뒤를 돌아보는 성찰적 시선을 통해 주체와 세계가 만나는 통합의 시간을 창조해내고자 하는 것이다. 따라서 서정시는 과거를 돌아보든 미래를 지향하든 모든 가치와 세계를 현재의 시간 안에서 의미화하는 역사적 현재의 모습을 형상화하는 데 본질이 있다. 서정시가 자기 반영 혹은 자기 성찰로서의 화자의 모습이 지배적인 것도, 과거와 미래로 열려 있는 인간의 존재에 대한 성찰을 현재화하는 성찰적 시선에 근본적으로 바탕을 두고 있기 때문이다.

정주영의 시는 서정시의 본질을 충실히 구현하는 성숙한 시의 힘을 지니고 있다. 첫 시집 『남루한 기쁨』(천우, 2019)에서부터 "그곳은 어디인가"(「길[道]을 묻다」), "오늘도 거울을 본다"(「거울 보기」), "나는 어디로 갔지?"(「셀카 놀이」)에서와 같이 자신이 걸어온 삶의 길을 묻고 스스로를 돌아보는 존재론적 성찰을 밀도 있게 형상화했다. 이러한 시적 태도는 서정시의 화자가 보편적으로 가져야 할 덕목으로, 세계 속에 던져진 자아가 현실과의 만남 속에서 동일성의 세계를 지향해 가는 서정시의 근본 원리에 충실한 경향을 드러낸다. 서정시는 곧 자기 반영 self-reflection의 장르적 특징을 지닌다고 할 때, 정주영의 시는 자신이 살아왔고 살아가고 있으며 또 앞으로 살아갈 길 위에서 존재론적 물음을 통해 해답을 찾아가는 진정성 있는 통찰의 세계를 열어내고 있다.

그의 시선은 크게 일상과 자연, 장소와 역사라는 두 가지 지향을 통해 자신의 내면을 정직하게 들여다보고자 한다. 이는 존재의 근원 찾기라는 서정시의 운명을 그대로 보여주는 것으로, 낯설고 기이한 언어의 과잉으로 흐르는 요즘 시의 경향과는 다르게 일상의 언어와 시의 언어가 일치하는 따뜻하고 성숙한 시의 마음을 보여준다는 점에서 의미가 있다.

2. 일상과 자연에 대한 통찰

정주영의 시는 일상의 모습에 대한 집요한 응시와 탐색을 통해 인간의 삶이 지향해야 할 참된 가치에 대한 깊이 있는 통찰을 드러낸다. 이러한 비판적 태도는 자신이 살아온 삶의 이력 안에 놓인 경험적 사유를 통해 구체화되는데, 다분히 윤리적이고 성찰적인 태도를 지닌다는 점에서 자기 반영으로서의 서정시의 원리에 바탕을 두고 있음을 알 수 있다. 또한 이러한 윤리적 인식은 인생의 말년에 가까이 이른 존재로서 지나온 시간을 뒤돌아보는 상상력에 토대를 두고 있어서 조금은 계몽적인 모습을 노출하고 있기도 하다. 어떠한 삶이 진정으로 올바른 것인가에 대한 시대적 논란은 항상 있기 마련이지만, 그리고 그것을 인식하는 세대론적 격차도 점점 커지고 있는 것이 사실이지만, 인간이 지켜야 할 근본적인 태도는 변하지 않아야 할 것으로서의 서정시의 가치와 지향에 맞닿아 있는 측면이 많다.

따라서 시인은 이러한 서정시의 본질에 기대어 지금 우리 사회가 직면한 인간 존재의 근본적 문제들을 자신의 일상적 경험 안에서 형상화하고 있어 주목된다.

공사판에 불 하나 쬐는 일도 쉽던가

춥다고 느낄수록 누구나 다

조금만 더

조금만 더 하면서

깡통 난로 가까이 파고들고

그럴수록 자리다툼 은근하지 않던가

운 좋게 앞자리 잡았다고

넋 놓고 있었다간 데이기 딱 좋다

그렇다고 지레 겁먹고

주춤주춤 뒤로 물러서면

한기가 뼛속을 파고들지 않던가

살면서 거리두기에 실패한 일

공사장 깡통 난로뿐이던가

너와 나

상사와 부하 그리고

꿈과 현실 ……

그래 그래

꿈은 별처럼 아스라이

현실은 깡통 난로처럼 있지 않던가

－「거리두기」전문

경쟁이 미덕이 되는 세상을 살아가고 있는 듯하다. 공정성과 객관성을 전제한다면 경쟁은 자본주의 시대의 변화와 발전을 위한 최소한의 필요조건이 되는 것은 당연하다. 하지만 이러한 경쟁의 내부를 정직하게 들여다보면 결국 그것은 개인의 안정과 실익을 얻고자 하는 과도한 욕망을 투영한 경우가 허다하다. 추위를 견디기 위해 "깡통 난로 가까이 파고"드는 것은 인간의 본능이지만, 그것이 서로의 온기를 채우는 따뜻함이 되지 못하고 결국 "자리다툼"의 결과로 치닫는다는 데서 경쟁의 상징적 의미가 담겨 있다. 그렇다면 "너와 나" 모두를 따뜻하게 만드는 적당한 "거리두기"가 이루어져 개인의 이기심이 아닌 공동체의 목표에 부합하는 방향성을 가지면 될 텐데, 이러한 평범한 정답을 분명 알고 있으면서도 "살면서 거리두기에 실패한 일"이 다반사라는 데 인간의 모순과 한계가 있다. 인생의 길은 마치 "평균대 위에서 걷기"(「평균대 위 걷기」)와 같은 것이어서 타인과의 경쟁에서 자신을 지켜내는 일은 균형 감각과 안정적 질서를 외면할 수는 없다. 결국 나를 지키기 위해서는 너의 자리를 뺏어야 하는 경쟁의 질서에 순응하지 않으면 안 된다.

아마도 시인 역시 이러한 삶의 한가운데를 지나왔을 것이고, 이제는 이러한 경쟁의 시간을 객관적으로 뒤돌아보면서 적당한 거리두기의 삶이 어떠해야 하는가에 대한 존재론적 성찰의 의미를 알게 되었을 것이다. 시인의 일상이 과거에는 삶의 긴장을 놓칠 수 없는 생존과 직결되는 문제였다면, 지금은 삶의 진면목을 여유롭게 응시하는 관조의 대상이 되었기 때문이다.

누구나 때깔 좋은
밥그릇이 되고자 안달할 때
밥그릇이 되지 못했지

밥이 담기면 밥그릇이 되고
국이 담기면 국그릇이 되는
막사발이 되고 말았지

막사발이 할 수 있는 일은
오직 자신을 섭섭히 비우고
어둑한 구석 한쪽
찬장에 정좌한 채
자나 깨나 요리사의
쓰임을 기다리는 것뿐이었지

그러나
밥그릇도 국그릇도 아니면서
밥그릇도 국그릇도 되는
막사발의 묘한 쓰임새
밥그릇이나 국그릇은 모르지

—「막사발」전문

"막사발"은 일상의 무게를 견디며 살아온 시인의 삶이

투영된 객관적 상관물이다. "누구나 때깔 좋은 / 밥그릇이 되고자 안달"하는 것은 인간의 근본적인 욕망이고, 무엇이 되고자 하는 인간의 지향에서 '무엇'은 세상으로부터 인정받고 대접받는 그럴듯한 존재로의 위치 상승을 의미한다. 하지만 실제로 이러한 위치에 정해진 한계가 있어서 사람들은 "밥그릇이 되고자" 하는 경쟁사회의 틀 안에서 좌절하거나 실패하는 경우가 대부분이다. 아마도 시인 역시 어쩔 수 없이 이와 같은 사회의 질서에 순응하며 살아온 듯한데, 이제는 이러한 현실로부터 적당한 거리를 두게 되면서 군이 "밥그릇이 되고자" 하는 욕망보다는 "밥이 담기면 밥그릇이 되고 / 국이 담기면 국그릇이 되는 / 막사발"로서의 존재에 대한 새로운 인식을 발견하고자 한다.

즉 "밥그릇도 국그릇도 아니면서 / 밥그릇도 국그릇도 되는" 역설적 인식으로 "막사발의 묘한 쓰임새"가 갖는 긍정적인 의미를 찾아냄으로써 군이 "밥그릇"이나 "국그릇"과 같이 표면적으로는 그럴듯한 쓰임새를 갖는 대상이 되지 않아도 되는 것이 인생이라는 깨달음을 전해주는 것이다. "막사발"이란 이름에서 느껴지는 평범함이 세상으로부터 특별한 시선을 받지 못하는 것일지라도, "밥그릇", "국그릇"으로 살아온 자들에게 남겨진 "기념패니 공로패니 감사패"는 "산자의 묘비명"과 같은 것에 불과할 뿐 아무런 의미가 없다는, 그래서 "나는 오늘 생전에 받은 / 묘비명을 땅에 묻는다"(「패(牌)」)라는 성찰적 태도를 드러내는 것이다.

이런 점에서 시인은 일상의 허명과 부질없는 욕망을 넘

어선, 즉 인간 중심적인 세계의 그늘을 벗어남으로써 진정한 생명에 다가서는 방법을 탐색하고자 한다. 일상의 한가운데를 살아가면서도 사물과 자연으로부터 인간의 삶을 근본적으로 성찰하는 생명의 가능성을 찾고자 하는 것이다. 거미줄처럼 뒤엉킨 삶의 모습에 견주어보는 시적 통찰을 통해 "생명이 생명을 일구는 저것은 / 상생과 상극이 공존하는 / 생명 그물"(「거미줄」)이라는 인식에 이르는 것은 예사롭지 않다. 도심 속 분수를 바라보면서 "상식을 깨려는 듯 / 기세 좋게 위로 흐르는 물"(「분수」)이라는 비판적 성찰의 태도를 드러낸 점도 상당히 문제적이다. 이는 결국 사물과 자연으로부터 인간의 삶을 근본적으로 반성하는 생명의 의미를 발견하려는 시적 지향성을 드러낸 것으로 볼 수 있다. 이러한 시적 지향은 신산한 삶의 역정을 견디며 살아온 말년의 상상력이 아니고서는 그 진정성을 의심받기 마련이다. 정주영의 시가 일상 속에서 만난 자연의 풍경에 유독 특별한 시선을 드러내는 이유도 바로 여기에 있을 것으로 짐작된다.

사람들은 억새꽃이라 부르지만
가을 산의 은자隱者,
억새는 처음부터 풀이었다
마른 그루터기에
젖니처럼 돋아난 초록 잎은
햇볕에 그을리고 비바람에 젖으면서
뼈마디가 생기고

결기의 푸른 서릿발 되었다

서리가 내리면서

억새가 온몸을 말리고

바람에 쑥대강이 흔들리자

사람들은 비로소 억새꽃이라 부르지만

억새는 한 번도

꽃을 꿈꾼 적이 없다

거친 야산에서 석양을 바라보며

함께 말라가는 저 이름 없는 산야초처럼

−「억새」전문

　정주영의 시에서 자연을 소재로 한 경우는 아주 많다. 물론 이러한 자연은 현실과는 동떨어진 이상적인 세계로 의미화된다기보다는, 일상의 한가운데를 함께 살아가는 존재로서의 친숙함을 갖는다는 점에서 특징적이다. 장미꽃, 자목련, 안개꽃, 아까시나무 등 꽃과 식물들이 주를 이루는데, 우리 주변에서 흔히 볼 수 있는 생명을 제재로 삼아 인간의 삶과 더불어 그 의미를 통찰하는 시적 태도를 드러내는 것이다. 따라서 이러한 자연은 곧 인간에 대응되는 상징물로서 기능하는 측면이 두드러진다. "억새"를 "가을산의 은자"로 명명하면서 그 속성으로 "결기의 푸른 서릿발"을 주목하는 데서, 인간이 살아가야 할 덕목의 한 부분을 상징적으로 제시하려는 것이다.

　서정시의 원리가 동화와 투사의 방식에 있다고 할 때, 감정이입의 대상으로 주체와 자연의 조화를 모색하는 투사의 전략은 우리 고전시가에서도 즐겨 사용한 전통적인 방식이다. 세속화된 일상과 거리를 두고 자연의 숨은 질서가 내포하는 인격적 성숙에 귀기울이는 태도야말로 가장 서정시다운 전통을 보여준 것이라고 할 수 있다. "누구와도 잘 어울리는 너는 / 주연보다는 조연이 제격"(「안개꽃」)이라는 생각도, 초여름 아까시나무를 보면서 "나에게 한사코 / 말을 버려보라네"(「아까시나무」)라는 마음을 읽어내는 것도, "백 년을 커도 / 어른 키 높이가 안 되는 반송"을 통해 오늘날 "루저loser"(「반송」)의 삶을 떠올리는 데서도, 일상화된 자연을 인식하고 새롭게 의미화하는 시인의 시적 통찰이 돋보인다. 결국 그의 시에서 자연은 인간과의 대비를 통해 구체화되는, 그래서 인간의 삶을 근본적으로 성찰하는 전통적이면서 상징적인 속성을 지닌다.

대체로 자연과 인간의 비교를 전제로 한 탐색의 과정은 자연의 절대화로 기울어질 우려가 있다. 하지만 정주영의 시에서 자연은 인간의 시선과 더불어 의미화된다는 점에서 자연과 인간의 관계에 대한 집요한 탐색을 지향한다. 그리고 이러한 자연이 깃든 장소의 구체성에 뿌리내리고 있다는 점에서 관념적 추상성에 머물러 있지도 않다. 따라서 시인에게 자연은 현실을 비추는 거울과 같다는 점에서 자신의 일상을 통과하는 장소성과 맞물려 있다는 사실도 특별히 주목된다. 정주영의 시가 부산이라는 지역적 장소성에 상당한 애착을 보이는 것도 이러한 점과 무관하지는 않을 듯하다.

3. 장소의 기억과 역사에 대한 인식

정주영의 시에서 부산의 장소에 대한 인식은 자신이 살아온 일상 속에서 마주한 삶의 풍경이라는 점에서 생활공간으로서의 의미를 담아낸다. 증산, 산복도로, 사십계단, 자갈치, 용두산, 온천천, 낙동강 등 부산에 터를 두고 살아온 삶의 기억 속에서 만날 수 있는 일상의 기억을 따라간 측면이 두드러지는 것이다. 따라서 그의 시에서 장소는 역사적 의미를 강조하려는 의도보다는 부산 사람들이 걸어온 삶의 역사를 따라간 경우가 많다. 물론 이 또한 부산의 역사적 장소성과 무관하지는 않다는 점에서, 그의 시에서 장소는 역사와 마주하는 등가물의 의미를 지니고 있기도 하다. 다만 이때 역사는 특정 장소가 외재적으로 표상하는 유형의 대상으로서의 의미보다는, 그곳에 터를 이루고 살아온 사람들의 삶에 축적된 내면 공간으로서의 장소의 의미에 초점을 둔다는 점에서 차별성이 있다.

결국 장소는 일상의 흔적이고 기억이고 역사라는 점에서 뒤를 돌아보는 상상력에 본질을 둔 서정시의 시선과 자연스럽게 만난다. 평범한 사물과 대상을 일상적 언어로 표현하면서도 일상어를 넘어선 미학적 세계를 창조해내는 것이 시인의 능력이다. 이런 점에서 정주영의 시에서 장소는 일상적이면서 역사적인 양가적 공간성을 지닌 것으로, 그 장소에 깃든 서정시의 시간을 따라가는 시인의 마음을 엿볼 수 있게 한다.

이틀에 한 번도 제대로 지릴 줄 모르는 산수도,
그놈의 정력을 믿을 수 없어
집집이 노란 물통을 이고 살았던
우리들의 공중도시

하늘 아래 첫 집이면서
보이지 않는 태양을 향해
항상 문 열어두고 기다리던 그 집
음지식물처럼 해를 그리워하는 빨래가 펄럭이던
내가 셋방살이하던 그 집은
빈집 된 지 오래되었고
제비꽃이 개똥처럼 널려있던 길엔
자벌레 버스가 흙먼지를 날리며 간간이 기어 다녔고
한때 호기심 많던 만디버스가 다니기도 했으나
지금은 시들시들 시들어 가는
할미꽃 피어있는 길

우리가 잊고 살았던 그 길 위에
해와 달그림자가 수없이 쓸고 가는 바람에
남루도 그리움으로 채색되고
떫고 섫던 땡감 기운도 홍시로 익어가는
우리들의 서러운 꿈이 잠 못 이루던 그곳,
산복도로 마추픽추

- 「산복도로」 전문

시인에게 장소는 추억 혹은 기억의 산물이라는 점에서 "산복도로"에서의 삶을 뒤돌아보는 시선은 아주 각별하다. 물 공급이 여의치 않아 "집집이 노란 물통을 이고 살았던" 생활의 고충도 있었거니와, "음지식물처럼 해를 그리워하는 빨래가 펄럭이던" 풍경이며 "제비꽃이 개똥처럼 널려있던 길"을 지나던 일상의 경험은, 시인만의 기억이라기보다는 부산에서 오래 터를 이루고 살았던 사람들이 지나온 삶의 내력을 그대로 담고 있다.

"공중도시", "산복도로", "셋방살이"로 압축된 삶의 공간성은 "우리들의 서러운 꿈이 잠 못 이루던" 곳이라는 점에서 힘겨운 기억이면서도 소중한 추억으로 남지 않을 수 없다. 이러한 기억을 더듬는 것은 결국 지금 내가 살아가는 삶의 현재성을 되묻는 것이 된다는 점에서, 과거의 시간에 머무는 것이기보다는 미래의 시간을 의식하는 '오래된 미래'로서의 성격을 갖는다. 그래서인지 시인은 "사람들 모두 다 떠나고 / 인제는 추억만 남은 빈집"(「사십계단에서」)의 상상력에 오래 머물러 있는 듯하다. 일상의 어느 즈음에서 삶이 "고달플 때도" "꿀꿀할 때도 자갈치에 가서 / 허름한 식당에 자리 잡고 앉"(「부산 자갈치」)는 마음도 그러하거니와, "근골에 가난처럼 스며든 / 푸른 녹은 깡깡이로 쪼아"내고 "난바다 보이지 않는 / 돌고래의 푸른 꿈은 / 그라인더로 갈아"(「깡깡이 아지매」)내는 삶의 태도 역시, 과거의 기억을 통해 현재의 삶이 견지해야 할 방향성을 보여준다는 점에서 역사적 현재로서의 시적 특성을 드러낸다.

왜정 때 큰 관청 있었다는 대청동엘 가면

외세의 소용돌이 온몸으로 겪으며

뒤웅박 팔자가 된 할머니 닮은 건물 있다

그 건물 첫 임자는 '동양척식 주식회사 부산지점'

허, 말이 좋아 주식회사지

날강도 떼강도 소굴이었단다

모진 세월 온갖 구박 다 견딘 끝에

두 번째 만난 주인은 '부산 미국문화원'

허, 이놈도 말이 좋아 아름다운 나라지

젊은이들 눈엔 게다짝이나 양코배기나

그놈이 그놈인지라

양갈보라는 손가락질에 화염병 세례까지

온갖 수모를 겪다가

겨우 친정으로 돌아와

세 번째 '부산근대역사관'으로 팔자를 고치고,

다시 '부산 근현대역사관 별관'으로

이름을 바꾸고 오늘에 이르렀다

험한 세상 태어나

이름을 몇 번이나 바꾼 뒤웅박 팔자,

그 팔자 부끄럽지도 자랑스럽지도 않으나,

행여 사람들이 팔자를 시절 탓으로 돌릴까

저어할 뿐이다

― 「뒤웅박 팔자 ― 부산근현대역사관 별관」 전문

식민지 시기 동양척식주식회사로 사용되다 해방 이후 미

국문화원을 거쳐 부산근대역사관으로 역사를 이어온 건물의 최근 변화상을 담은 시이다. "외세의 소용돌이 온몸으로 겪으며 / 뒤웅박 팔자가 된 할머니 닮은 건물"이라는 표현에서처럼, 주체적 근대화를 이루지 못한 우리의 역사적 상처를 온몸으로 경험한 부산의 역사적 장소성을 상징적 건물을 통해 형상화한 것으로 이해할 수 있다. "날강도 떼강도 소굴", "양갈보라는 손가락질에 화염병 세례까지 / 온갖 수모를 겪다가 / 겨우 친정으로 돌아와" 부산의 역사를 담은 "'부산근대역사관'으로 팔자를 고치"게 되었다는, 부산의 역사적 상처와 고통을 오롯이 새기고 있는 건물에 대한 연민과 애정이 드러난 시이다. 그런데 이러한 역사적 장소에 대한 시인의 의식이 맹목적 동경이나 극단적 냉소라는 양극단으로 흐르지 않는 균형 잡힌 시각을 보여준다는 점에서 주목된다.

"그 팔자 부끄럽지도 자랑스럽지도 않"았다는 역사적 사실을 정직하게 응시하면서도 "행여 사람들의 팔자를 시절 탓으로 돌릴까 / 저어할 뿐이다"라는 데서, 역사의 기억을 내면화하는 시인으로서의 양가적 인식을 확인하게 되는 것이다. 역사는 선택된 사실의 기록이라고 할 때, 이때 선택은 특정한 권력에 의해 선택되거나 배제된 왜곡된 시선을 드러낼 경우가 많다. 역사적 사실이라고 하지만 과장되거나 부풀려진 경우도 있고, 분명한 역사적 사실임에도 기록되기는커녕 왜곡되거나 은폐된 경우도 비일비재하다. 따라서 우리가 살아온 역사의 장면들이 부끄러운 것이든 자랑스러운 것이든 그것들과 정직하게 마주할 때, 기억으로서의 역사는 미래를 여는 새로운 역사로서의 가능성을 열어갈 수 있음을 말하고자 한 듯하다.

　물론 정주영의 시에 나타난 부산의 장소성이 이처럼 무거운 역사의 공적 공간을 전면화하는 방향을 초점화하고 있지는 않다. 자신이 터전을 이루고 살아온 장소와 삶의 관련성 속에서 뒤를 돌아보는 상상력이라는 그의 시의 일관된 주제 의식을 구현하는 일상적 배경으로서의 의미도 아울러 지니는 것이다. 그리고 이러한 장소를 세속적 현실과는 대비되는 성찰적 시선으로 형상화하고 있다는 점도 특징적이다. 즉 일상적 진실의 관점에서 본 지금 우리의 현실이 자본과 문명의 타락이 가져온 세속화된 세계의 모습으로 가득 차 있다는 점에서, 이러한 현실을 극복하는 이상적이고 당위적인 시선으로 포착된 장소의 의미를 형상화했다고 할 수 있는 것이다.

> 여기가 바로 선경仙境 아닌가
> 대저에서 하단까지
> 둑길 삼십 리.
> 늘어선 벚나무들 일제히
> 하늘을 향해
> 꽃불을 쏘아 올리니
> 불꽃이 은하로 흐르네
> 옷고름도 풀지 않은 채
> 칠백 리 서서 흐르던 낙동강이
> 은하를 바라보며 앙가슴 헤치고

누워서 뉘엿뉘엿 꿈결로 흐르네

은하 따라 꿈결 따라 흘러와

불꽃놀이에 펄럭이는

저 남색 치마는

바다 건너 아유타국

공주님의 행차인 듯하고

노랑나비도 꿀벌 떼도

입 모아 합창하니

여기가 바로 요지瑤池 아닌가

– 「낙동강 벚꽃 길」 전문

부산의 장소성을 드러내는 대표적인 상징 공간인 낙동
강 벚꽃 길의 풍경을 바라보면서 "바다 건너 아유타국 / 공
주님의 행차인 듯"하다고 느끼는 데서, 세속적 현실과는
전혀 다른 화려했던 옛 시절의 낭만적인 풍경을 겹쳐보는
시간의 통합을 드러내는 시이다. "여기가 바로 선경이 아
닌가"라는 감탄적 어조에서부터 시인은 현재의 시간과는
구분되는 초월적 세계의 진실과 마주하고자 한다. 꽃들의
행렬을 바라보는 마음은 "늘어선 벚나무들 일제히 / 하늘
을 향해 / 꽃불을 쏘아 올리"는 축제의 향연을 펼치는 듯
한껏 들떠 있다. 부산과 경남의 상징적 공간인 낙동강의
역사적 흐름을 일상적 현실 그 자체로 받아들이기보다는,
"칠백 리 서서 흐르던 낙동강이 / 은하를 바라보며 앙가슴
헤치고 / 누워서 뉘엿뉘엿 꿈결로 흐르"는 신화적이고 우
주적인 공간으로 인식하는 상상력의 확장을 보이기도 한

다. 결국 "여기가 바로 요지 아닌가"로 끝맺는 데서 알 수 있듯이, 시인에게 있어서 낙동강은 일상적 현실을 넘어선 이상적인 세계로서 현재적인 의미를 갖는다. "고당봉에서 / 범어사를 굽어보시는 등 굽은 / 솔부처"에게서 "무념무상"(「고당봉 솔부처」)의 지혜를 터득하듯이, "범어사 설법전 뜰에 / 은행나무"를 보면서 "지금은 마음마저 비우고 / 무설無舌중"(「설법전 노거수」)인 마음을 탐문하듯이, 장소에 깃든 자연의 심오함에 대한 통찰을 통해 삭막한 현실을 살아가는 자신의 현재를 비판적으로 성찰하는 지혜를 얻고자 하는 것이다. 그 결과 시인은 "저축해 놓은 성지곡수원지 / 드러난 바닥은 난장"이라는 메말라 버린 호수를 바라보면서, "욕심 많은 산중호수, 내 마음 바닥을 보았다"(「물 빠진 호수」)라는 깨달음의 세계로 진입하는 삶의 깊이와 성숙에 가까이 다가서고 있다.

4. 세계와의 불화 속에서 자아 찾기

서정시의 주체로서 자아는 세계와의 만남을 동일성의 차원으로 형상화하고자 한다. 전통적으로 시의 본질적 세계관이 천인합일天人合一, 물아일체物我一體의 형상으로 이미지화되었던 이유도 바로 여기에 있다. 하지만 현대 사회에서 자아와 세계의 관계는 불화로 가득하다는 데 현대시의 문제적 상황이 있다. 그만큼 인간과 세계는 공동체적 가치로 설명하기 힘든 갈등과 대결의 상황에 놓여 있으므로, 이를 반영하는 현대시의 모습 역시 불화의 세계를 현실화할 수밖에 없다. 결국 무한경쟁의 속도와 발전의 신화를 맹목적으로 쫓아온 현대 사회의 운명은 서정시의 방향과는 전혀 다른 반동일적이고 비동일적인 세계에 몰입하는 모순과 괴리를 드러내지 않을 수 없다. 따라서 정주영의 시는 이러한 세계와의 불화 속에 놓인 주체로서의 자아를 찾기 위한 시적 모색에 상당한 공을 들인다. 그의 시가 자기 반영이라는 서정시의 근본 원리에 충실한 이유도 여기에 있는데, 주체로서의 '나'의 직접적인 등장이 두드러진 그의 시에서 이러한 점을 쉽게 확인할 수 있다.

> 복사꽃 분분한 건널목을 사이에 두고
> 너와 나는 오늘도 마주 보고 섰구나
>
> 푸른 불 들어오자
> 사람들은 저마다 피안을 찾아
> 교문을 나서는 아이들처럼 동동거리며
> 건널목을 건너는구나
>
> 그렇구나,
> 내가 서 있는 이쪽이 네게는 피안이었고
> 네가 서 있는 그쪽이 내게는 피안이었구나
>
> 그것도 모른 채
> 오늘도 우리는 서로의 피안을 찾아

나는 너에게로 너는 나에게로
무심히 건널목을 건너는구나

세상의 차안과 피안은
복사꽃 분분한 건널목처럼
이렇게 마주 보고 있는데,
그것도 모른 채
오늘도 우리는 서로의 피안을 찾아가느라
눈길 한번 주지 않고 동동거리며
건널목을 건너는구나

– 「복사꽃 분분한 건널목에서」 전문

　표제시이기도 한 인용시는 "너와 나"의 관계에 대한 탐색에 집중한다. "복사꽃 분분한 건널목을 사이에 두고" 있는 상황 설정에서 서로 바라보는 대상으로서의 차이가 부각된다. "내가 서 있는 이쪽이 네게는 피안이었고 / 네가 서 있는 그쪽이 내게는 피안이었구나"라는 서로를 향한 동경과 지향을 드러내고 있지만, 그 결과 너와 나의 만남은 양극단의 서로 다른 지점으로 귀착되는 무심한 반복으로 이어질 뿐 진정한 만남을 이루지 못한다. "세상의 차안과 피안은 / 복사꽃 분분한 건널목처럼 / 이렇게 마주 보고 있는" 것이라는 사실을 깨닫지 못한 채 "서로의 피안을 찾아"가는 맹목적 행동을 반복할 따름인 것이다. "마주보고 있는" 관계에서부터 진정성 있는 소통을 발견하려는 노력은커녕 "눈길 한번 주지 않고 동동거리며 / 건널목을 건너는” 모습에서, 개체화되고 자기화된 현대인의 주체 중심적 태도가 결국 타자와의 동일성을 이루지 못하는 결정적 원인이 되고 있음을 알 수 있다. “내 안에서 나를 찾으려 하면 찾을수록 / 나는 꼭꼭 숨어버려”(『숨바꼭질』)는 현실에서, “너는 나이면서 내가 아니”고 “나인 것도 내가 아닌 것도 아니”(『그림자놀이』)라는 경계와 구분을 넘어서는 상상력은 진정한 자아 찾기의 과정이 된다는 점에서 의미가 있다. 어차피 현실은 “내남없이 / 모두 빚지고 사는 세상”이므로 “서로가 서로에 빚지고 있는 셈”(『빚지고 사는 세상』)이라는 타자와의 관계에 대한 사유는, 주체 중심적 현실의 문제를 해소하는 가장 본질적인 전제가 된다. “하늘과 바다가 만나 꼰 / 가물가물한 경계선”을 바라보면서 “하늘도 아니고 바다도 아니어서 / 있는 것도 아니고 / 그렇다고 없는 것도 아닌”(『춤추는 수평선』) 것으로 인식하는 태도 역시 주체와 타자의 관계에 대한 깊이 있는 시적 통찰의 결과가 아닐까 싶다.

이처럼 정주영의 시는 자아와 세계가 관계를 맺는 일상과 자연, 사물과 장소에 대한 내적 성찰의 과정을 내면화한다는 점에서 성숙한 시의 면모를 보여준다. 시인과 화자의 관계를 무조건 동일시하는 것은 문학의 근본적 속성과 어긋나는 것이지만, 적어도 자아의 의식과 지향을 담은 퍼소나persona의 관점에서 화자는 시인과의 동일시를 항상 염두에 두는 것이 사실이다. 따라서 시는 근본적으로 일인칭 장르로서의 속성을 지니고 있고, 자기 반영 혹은 자아 성찰로서의 태도를 가장 본질적인 특성으로 드러내기 마련이다. 특히 현대시의 경우 자아와 세계의 균열이 심화되고 있는 현대 사회의 문제를 치유하는 성찰적 시선을 더욱 강조한다는 점에서, 진정한 자아 찾기의 과정을 탐색하는 서정시의 운명은 현재적인 유효성을 지닌다고 할 수 있다.

다만 이러한 시의 모습이 다소 일반적이고 보편적인 세계로서의 동일성에만 매몰되어 버린다면 시적 긴장을 유지하기 힘들다. 서정시는 변하지 말아야 할 본질적 모습과 변해야 할 것으로의 새로움 사이의 팽팽한 긴장을 놓쳐서는 안 되기 때문이다. '오래된 미래'라는 모순의 세계가 보여주는 시적 긴장으로부터 지금 서정시가 갖추어야 할 가장 강력한 힘을 찾는 성찰적 시선이 절실한 때이다. 모두가 앞만 보고 달려가기에 분주한 세상 속에서 뒤를 돌아보는 상상력의 깊이를 탐색하는 역설적 태도에서, 가장 서정시다운 진면목을 발견하고자 하는 시인의 성찰적 시선이 더욱 특별하게 다가오는 이유도 바로 여기에 있다.